Germanes Pervertides

Germanes Pervertides

Aldivan Torres

aldivan teixeira torres

CONTENTS

1. Germanes Pervertides   1

Germanes Pervertides

Aldivan Torres
Germanes   Pervertides

Autor: ***Aldivan Torres***
2020- Aldivan Torres
Tots els drets reservats

Aquest llibre, incloses totes les seves parts, té drets d'autor i no es pot reproduir sense el permís de l'autor, revenut o transferit.

Aldivan Torres, El vident, és un artista literari. Promet amb els seus escrits delectar el públic i conduir-lo a les delícies del plaer. El sexe és una de les millors coses que hi ha.

Dedicació i agraïments

Dedico aquesta sèrie eròtica a tots els amants del sexe i pervertits com jo. Espero complir les expectatives de totes les ments boges. Començo aquest treball aquí amb el convenciment que Amelinha, Belinha i els seus amics faran història. Sense més preàmbuls, una càlida abraçada als meus lectors.

Lectura competent i molta diversió.

Amb afecte, l'autor.

Presentació

Amelinha i Belinha són dues germanes nascudes i criades a l'interior de Pernambuco. Les filles de pares pagesos van saber ben aviat com afrontar les ferotges dificultats de la vida del camp amb un somriure a la cara. Amb això, anaven arribant a les seves conquestes personals. El primer és auditor d'hisenda pública i l'altre, menys intel·ligent, és professor municipal d'educació bàsica a Arcoverde.

Tot i que són feliços professionalment, els dos tenen un greu problema crònic pel que fa a les relacions perquè mai van trobar el seu príncep encantador, que és el somni de totes les dones. La més gran, Belinha, va venir a viure amb un home durant un temps. No obstant això, es va trair el que generava en el seu petit cor traumes irreparables. Es va veure obligada a separar-se i es va prometre que no tornaria a patir mai més a causa d'un home. Amelinha, cosa lamentable, ni tan sols pot aconseguir que ens comprometem. Qui vol casar-se amb Amelinha? És una persona descarada de cabells marrons, flaca, d'alçada mitjana, ulls de color mel, cul mitjà, pits com la síndria, pit definit més enllà d'un somriure captivador. Ningú sap quin és el seu veritable problema, ni tots dos.

En relació amb la seva relació interpersonal, estan a prop de compartir secrets entre ells. Com que Belinha va ser traïda per una burla, Amelinha va prendre els dolors de la seva germana i es va proposar jugar amb els homes. Les dues es van convertir en un duo dinàmic conegut com les "Germanes Pervertides". Malgrat això, als homes els encanta ser les seves joguines. Això es deu al fet que no hi ha res millor que estimar Belinha i Amelinha fins i tot per un moment. Coneixerem les seves històries junts?

Germanes Pervertides
Germanes Pervertides
Dedicació i agraïments
Presentació
L'home negre
El foc
Consulta mèdica
Classes Particulars
Prova de competició
El retorn del professor
El pallasso maníac
Gira per la ciutat de Pesqueira

L'home negre

Amelinha i Belinha, a més de grans professionals i amants, són dones boniques i riques integrades a les xarxes socials. A més del sexe en si, també busquen fer amics.

Una vegada, un home va entrar al xat virtual. El seu

sobrenom era "Home Negre". En aquest moment, aviat va tremolar perquè estimava els homes negres. Diu la llegenda que tenen un encant indiscutible.

"Hola, bonic! "Vas cridar el beneït home negre.

"Hola, tot correcte? "Va respondre la intrigant Belinha.

"Tot genial. Que tingueu una bona nit!

"Bona nit. M'encanta la gent negra!

"Això m'ha tocat profundament ara! Però, hi ha alguna raó especial per a això? Quin és el teu nom?

"Bé, la raó és la meva germana i m'agraden els homes, si saps el que vull dir. Pel que fa al nom, tot i que es tracta d'un entorn molt privat, no tinc res a amagar. Em dic Belinha. M'alegro de conèixer-te.

"El plaer és tot meu. Em dic Flavius, i soc un veritablement agradable!

"Vaig sentir fermesa en les seves paraules. Vols dir que la meva intuïció és correcta?

"No puc respondre això ara perquè això acabaria amb tot el misteri. Com es diu la teva germana?

"El seu nom és Amelinha.

"Amelinha! Bonic nom! Et pots descriure físicament?

"Soc rossa, alta, forta, cabells llargs, cul gran, pits mitjans i tinc un cos escultòric. I tu?

"Color negre, d'un metre i vuitanta centímetres d'alçada, fort, tacat, braços i cames gruixudes, cabells nets, cantats i cares definides.

"M'encens!

"No et preocupis per això. Qui em coneix, no ho oblida mai?

"Vols tornar-me boig ara?

"Ho sento per això, nadó! És només per afegir una mica d'encant a la nostra conversa.

"Quants anys tens?

"Vint-i-cinc anys i els teus?

"Tinc trenta-vuit anys i la meva germana trenta-quatre. Tot i la diferència d'edat, estem notablement a prop. A la infància, ens unim per superar les dificultats. Quan érem adolescents, compartíem els nostres somnis. I ara, a l'edat adulta, compartim els nostres èxits i frustracions. No puc viure sense ella.

"Genial! Aquesta sensació teva és increïblement bella. Tinc ganes de conèixer-vos a tots dos. És tan entremaliada com tu?

"D'una manera efectiva, és la millor en el que fa. Molt intel·ligent, bonic i educat. El meu avantatge és que soc més intel·ligent.

"Però no veig cap problema en això. M'agraden les dues coses.

"T'agrada molt? Ja ho sabeu, Amelinha és una dona especial. No perquè sigui la meva germana, sinó perquè té un cor gegant. Sento una mica de pena per ella perquè mai no va tenir nuvi. Sé que el seu somni és casar-se. Es va unir a mi en un aixecament perquè em va trair la meva companya. Des de llavors, només busquem relacions ràpides.

"Ho entenc totalment. Jo també soc un pervertit. Tot i això, no tinc cap raó especial. Només vull gaudir de la meva joventut. Sembles una gran gent.

"Moltes gràcies. Ets realment d'Arcoverde?

-Sí, soc del centre de la ciutat. I tu?

"Del barri de Sant Cristòfol.

"Genial. Vius sol?

"Sí. A prop de l'estació d'autobusos.

"Es pot rebre la visita d'un home avui?

"Ens encantaria. Però s'han de gestionar les dues coses. D'acord?

"No et preocupis, amor. Puc gestionar fins a tres.

-Ah, sí! Veritable!

"Estaré allà mateix. pots explicar la ubicació?

"Sí. Serà el meu plaer.

"Sé on és. Vinc per allà dalt!

L'home negre va sortir de l'habitació i la Belinha també. Ho va aprofitar i es va traslladar a la cuina on va conèixer la seva germana. Amelinha estava rentant els plats bruts per sopar.

"Bona nit a tu, Amelinha. No t'ho creuràs. Endevina qui ve.

"No en tinc ni idea, germana. Qui?

"El Flavius. El vaig conèixer a la sala de xat virtual. Ell serà el nostre entreteniment avui.

"Com és?

"És l'home negre. T'has aturat mai i has pensat que pot ser agradable? El pobre home no sap de què som capaços!

"Realment és germana! Acabem-lo.

"Caurà, amb mi! -va dir Belinha.

"No! Serà amb mi "Va respondre Amelinha.

"Una cosa és segura: Amb un de nosaltres caurà" ha conclòs Belinha.

"És veritat! Què tal si ho tenim tot a punt al dormitori?

"Bona idea. T'ajudaré!

Les dues nines insaciables van anar a l'habitació deixant-ho tot organitzat per a l'arribada del mascle. Tan bon punt acaben, senten el repic de campanes.

"És ell, germana? -va preguntar Amelinha.

"Comprovem-ho junts! (Belinha)

"Vinga, vinga! Amelinha va estar d'acord.

Pas a pas, les dues dones van passar per la porta del dormitori, van passar pel menjador i després van arribar a la sala d'estar. Van caminar fins a la porta. Quan l'obren, es troben amb el somriure encantador i viril de Flavius.

"Bona nit! D'acord? Jo soc el Flavius.

"Bona nit. Sou benvinguts. Soc la Belinha que et parlava a l'ordinador i aquesta dolça noia al meu costat és la meva germana.

"Encantat de conèixer-te, Flavius! "Amelinha va dir.

"Encantat de conèixer-te. Puc entrar?

"És clar! "Les dues dones van respondre alhora.

El semental tenia accés a l'habitació observant tots els detalls de la decoració. Què passava en aquella ment bullint? Va quedar especialment tocat per cadascun d'aquests exemplars femenins. Al cap d'un moment, va mirar profundament als ulls de les dues putes dient:

"Estàs preparat per al que he vingut a fer?

"A punt "Afirmaven els amants!

El trio es va aturar amb força i va caminar molt fins a l'habitació més gran de la casa. En tancar la porta, estaven segurs que el cel aniria a l'infern en qüestió de segons. Tot era perfecte: La disposició de les tovalloles, les joguines sexuals, la pel·lícula pornogràfics que sonava a la televisió del sostre i la música romàntica vibrant. Res no podia treure el plaer d'una gran vetllada.

El primer pas és seure al costat del llit. L'home negre va començar a treure's la roba de les dues dones. La seva luxúria i set de sexe era tan gran que causaven una mica d'ansietat en aquelles dones dolces. Es treia la camisa mostrant el tòrax i l'abdomen ben treballats per l'entrenament diari al gimnàs. Els pèls mitjans de tota aquesta regió han tret sospirs de les noies. Després, es va treure els pantalons permetent veure la seva roba interior Box mostrant conseqüentment el seu volum i masculinitat. En aquest moment, els va permetre tocar l'orgue, fent-lo més erecte. Sense secrets, va llençar la seva roba interior mostrant tot el que Déu li va donar.

Feia vint-i-dos centímetres de llarg, catorze centímetres de diàmetre suficient per tornar-los bojos. Sense perdre el temps, van caure sobre ell. Van començar amb el joc previ. Mentre un s'empassava la polla a la boca, l'altre llepava les bosses d'escrot. En aquesta operació, han estat tres minuts. Temps suficient per estar completament preparat per al sexe.

Després va començar la penetració en l'un i després en l'altre sense preferència. El ritme freqüent de la llançadora va provocar gemecs, crits i orgasmes múltiples després de l'acte. Van ser trenta minuts de sexe vaginal. Cada una la meitat del temps. Després van concloure amb sexe oral i anal.

El foc

Va ser una nit freda, fosca i plujosa a la capital de tots els contraforts de Pernambuco. Hi va haver moments en què els vents del front van arribar als cent quilòmetres per hora espantant les pobres germanes Amelinha i Belinha. Les dues germanes pervertides es van conèixer a la sala d'estar de la seva senzilla residència al barri de Sant Cristòfol . Sense res a fer, parlaven feliçment de coses generals.

"Amelinha, com va ser el teu dia a l'oficina de la granja?

"El mateix: vaig organitzar la planificació fiscal de l'administració tributària i duanera, vaig gestionar el pagament d'impostos, vaig treballar en la prevenció i lluita contra l'evasió fiscal. És un treball exigent i avorrit. Però gratificant i ben pagat. I tu? Com va ser la teva rutina a l'escola? -va preguntar Amelinha.

"A classe, vaig aprovar els continguts guiant els alumnes de la millor manera possible. Vaig corregir els errors i vaig agafar dos telèfons mòbils d'alumnes que estaven molestant la classe. També vaig donar classes de comportament, postura, dinàmica i consells útils. De totes maneres, a més de ser mestra, soc la seva mare. Prova d'això és que, entreacte, em vaig infiltrar a la classe dels alumnes i, juntament amb ells, vam jugar. Al meu entendre, l'escola és la nostra segona casa, i hem de cuidar les amistats i les connexions humanes que en tenim" va respondre Belinha.

"Brillant, la meva germana petita. Els nostres treballs són fantàstics perquè proporcionen importants construccions emocionals i d'interacció entre les persones. Cap ésser humà pot viure aïllat, i encara menys sense recursos psicològics i econòmics" ha analitzat Amelinha.

"Estic d'acord. El treball és essencial per a nosaltres, ja

que ens fa independents de l'imperi masclista imperant en la nostra societat ", ha afirmat Belinha.

"Exactament. Seguirem en els nostres valors i actituds. L'home només és bo al llit" va observar Amelinha.

"Parlant d'homes, què en pensaves de Cristià? "Belinha va preguntar.

"Va estar a l'altura de les meves expectatives. Després d'aquesta experiència, els meus instints i la meva ment sempre demanen més generant insatisfacció interna. Quina és la teva opinió? -va preguntar Amelinha.

"Va ser bo, però també em sento com tu: incomplet. Estic sec d'amor i sexe. Vull cada vegada més. Què tenim per avui? -va dir Belinha.

"Estic fora de les idees. La nit és freda, fosca i fosca. Sents el soroll a l'exterior? Hi ha molta pluja, vents intensos, llamps i trons. Tinc por! -va dir Amelinha.

"Jo també! "Belinha va confessar.

En aquest moment, s'escolta un tro tronador a tot Arcoverde. Amelinha salta a la falda de Belinha que crida de dolor i desesperació. Al mateix temps, falta electricitat, cosa que els fa estar tots dos desesperats.

"I ara què? Què farem Belinha? -va preguntar Amelinha.

"Baixa't de mi, puta! Aconseguiré les espelmes! "Va dir Belinha. Belinha va empènyer suaument la seva germana cap al costat del sofà mentre gronxava les parets per arribar a la cuina. Com que la casa és petita, no triga a completar aquesta operació. Amb tacte, agafa les espelmes de l'armari i les il·lumina amb els llumins col·locats estratègicament a sobre de l'estufa.

Amb l'encesa de l'espelma, torna tranquil·lament a l'habitació on es troba amb la seva germana amb un misteriós somriure ben obert a la cara. Què li tocava?

"Pots ventilar, germana! Sé que estàs pensant alguna cosa" va dir Belinha.

"I si cridéssim al cos de bombers de la ciutat advertint d'un incendi? Va dir Amelinha.

"Deixeu-me que ho faci directament. Vols inventar un foc fictici per atraure aquests homes? I si ens detenen? "Belinha tenia por.

"El meu col·lega! Estic segur que els encantarà la sorpresa. Què millor que han de fer en una nit fosca i avorrida com aquesta? -va dir Amelinha.

"Tens raó. T'ho agrairan per la diversió. Trencarem el foc que ens consumeix des de dins. Ara, arriba la pregunta: Qui tindrà el coratge de cridar-los? -li va preguntar Belinha.

"Soc molt tímid. Us deixo aquesta tasca, la meva germana", va dir Amelinha.

"Sempre jo. D'acord. Passi el que passi Amelinha. " Va concloure Belinha.

Aixecant-se del sofà, la Belinha va a la taula de la cantonada on està instal·lat el mòbil. Truca al número d'emergències dels Bombers i està a l'espera de ser atès. Després d'uns quants tocs, sent una veu profunda i ferma que parla des de l'altre costat.

"Bona nit. Aquest és el cos de bombers. Què vols?

"Em dic Belinha. Visc al barri de Sant Cristòfol aquí a Arcoverde. La meva germana i jo estem desesperats amb tota aquesta pluja. Quan l'electricitat va sortir aquí a casa nostra, va provocar un curtcircuit, començant a incendiar els objectes.

Per sort, la meva germana i jo vam sortir. El foc està consumint lentament la casa. Necessitem l'ajuda dels bombers», va dir angoixada la noia.

"Pren-t'ho amb calma, amic meu. Hi serem aviat. Podeu donar informació detallada sobre la vostra ubicació? "Va preguntar al bomber de guàrdia.

"La meva casa està exactament a l'avinguda Central, tercera casa a la dreta. Està bé amb tu?

"Sé on és. Hi serem en pocs minuts. Estigueu tranquils", ha dit el bomber.

"Estem esperant. Gràcies! "Gràcies Belinha.

Tornant al sofà amb una gran ganyota, els dos van deixar anar els coixins i van roncar amb la diversió que estaven fent. Tot i això, no es recomana fer-ho tret que fossin dues putes com elles.

Uns deu minuts després, van sentir un cop a la porta i van anar a respondre-la. Quan van obrir la porta, es van enfrontar a tres cares màgiques, cadascuna amb la seva bellesa característica. Un era negre, de sis peus d'alçada, cames i braços mitjans. Un altre era fosc, d'un metre i noranta d'alçada, musculós i escultòric. Un tercer era blanc, curt, prim, però molt afectuós. El noi blanc vol presentar-se:

"Hola, senyores, bona nit! Em dic Roberto. Aquest home del costat es diu Mateu i l'home marró, Felip. Quins són els teus noms i on és el foc?

"Soc Belinha, et vaig parlar per telèfon. Aquesta persona de cabells marrons aquí és la meva germana Amelinha. Entra i t'ho explicaré.

"D'acord. Van agafar els tres bombers alhora.

El quintet va entrar a la casa i tot semblava normal perquè l'electricitat havia tornat. S'instal·len al sofà de la sala d'estar juntament amb les noies. Sospitosos, fan conversa.

"El foc s'ha acabat, oi? "Mateu va preguntar.

"Sí. Ja ho controlem gràcies a un esforç heroic", ha explicat Amelinha.

"Llàstima! He tingut ganes de treballar. Allà a la caserna la rutina és tan monòtona", ha dit Felipe.

"Tinc una idea. Què tal treballar d'una manera més plaent? "Belinha va suggerir.

"Vols dir que ets el que jo penso? "Va qüestionar Felipe.

"Sí. Som dones solteres que estimem el plaer. Amb ganes de diversió? -li va preguntar Belinha.

"Només si vas ara" va respondre l'home negre.

"Jo també hi soc" va confirmar l'Home Marró.

"Espera'm" El noi blanc està disponible.

"Així doncs, anem", deien les noies.

El quintet va entrar a l'habitació compartint un llit de matrimoni. Llavors va començar l'orgia sexual. Belinha i Amelinha van fer torns per assistir al plaer dels tres bombers. Tot semblava màgic i no hi havia millor sensació que estar amb ells. Amb regals variats, van experimentar variacions sexuals i posicionals creant una imatge perfecta.

Les noies semblaven insaciables en el seu ardor sexual el que va tornar bojos aquells professionals. Van passar la nit tenint relacions sexuals i el plaer semblava no acabar mai. No van marxar fins que van rebre una trucada urgent de la feina. Van abandonar i van anar a contestar l'informe policial. Tot i així, mai oblidarien aquesta meravellosa experiència al costat de les "Germanes Pervertides".

Consulta mèdica

Va ser a la bonica capital de l'interior. Normalment, les dues germanes pervertides es despertaven d'hora. No obstant això, quan es van aixecar, no es van sentir bé. Mentre Amelinha continuava esternudant, la seva germana Belinha se sentia una mica asfixiada. Aquests fets provenien de la nit anterior a Plaça de la guerra de Virgínia, on bevien, es besaven a la boca i roncaven harmoniosament en la nit serena.

Com que no se sentien bé i sense forces per a res, es van asseure al sofà pensant religiosament què fer perquè els compromisos professionals estaven a l'espera de ser resolts.

"Què fem, germana? Estic totalment sense alè i esgotat" va dir Belinha.

"Explica'm-ho! Tinc mal de cap i estic començant a tenir un virus. Estem perduts! -va dir Amelinha.

"Però no crec que sigui un motiu per perdre la feina! La gent depèn de nosaltres! -Va dir Belinha

"Calma't, no ens espantem! Què tal si ens unim al bonic? "Va suggerir Amelinha.

"No em diguis que estàs pensant el que estic pensant.... "Belinha va quedar sorpresa.

"Així és. Anem junts al metge! Serà un gran motiu per perdre la feina i qui sap no passa el que volem! -Va dir Amelinha

"Gran idea! Aleshores, a què esperem? Preparem-nos! -li va preguntar Belinha.

"Vinga, vinga!" Amelinha va estar d'acord.

Els dos van anar als seus respectius recintes. Estaven tan entusiasmats amb la decisió; ni tan sols semblaven malalts. Tot va ser només la seva invenció? Perdoneu-me, lector, no pensem malament en els nostres estimats amics. En canvi, els acompanyarem en aquest nou i emocionant capítol de les seves vides.

Al dormitori, es van banyar a les seves suites, es van posar roba i sabates noves, es van pentinar els cabells llargs, es van posar un perfum francès i després van anar a la cuina. Allà, van trencar ous i formatge omplint dos pans de pa i van menjar amb un suc refrigerat. Tot era increïblement deliciós. Tot i així, no semblaven sentir-ho perquè l'ansietat i el nerviosisme davant la cita del metge eren gegantins.

Amb tot a punt, van sortir de la cuina per sortir de casa. Amb cada pas que feien, els seus petits cors es batien d'emoció pensant en una experiència completament nova. Beneïts siguin tots! L'optimisme se'ls va apoderar i va ser una cosa a seguir pels altres!

A l'exterior de la casa, van al garatge. Obrint la porta en dos intents, es posen davant del modest cotxe vermell. Malgrat el seu bon gust en els cotxes, van preferir els populars als clàssics per por a la violència comuna present a totes les regions brasileres.

Sense demora, les noies entren al cotxe donant la sortida suaument i després una d'elles tanca el garatge tornant al cotxe immediatament després. Qui condueix és Amelinha amb experiència ja deu anys? Belinha encara no pot conduir.

El recorregut notablement curt entre el seu domicili i

l'hospital es fa amb seguretat, harmonia i tranquil·litat. En aquell moment, tenien la falsa sensació que podien fer qualsevol cosa. Contradictòriament, tenien por de la seva astúcia i llibertat. Ells mateixos es van sorprendre per les accions preses. No era per res menys que se'ls anomenés putes bones bastardes!

En arribar a l'hospital, van programar la cita i van esperar a ser cridats. En aquest interval de temps, van aprofitar per fer un berenar i van intercanviar missatges a través de l'aplicació mòbil amb les seves estimades serventes sexuals. Més cínic i alegre que aquests, era impossible ser-ho!

Al cap d'una estona, és el seu torn de ser vistos. Inseparables, entren a l'oficina d'atenció. Quan això passa, el metge gairebé té un atac de cor. Davant d'ells hi havia una peça rara d'un home: Una persona alta de cabell ros, d'un metre i noranta centímetres d'alçada, barbut, cabells formant una cua de cavall, braços i pits musculosos, cares naturals amb un aspecte angelical. Fins i tot abans que poguessin redactar una reacció, convida:

"Passeu-vos, tots dos!

"Gràcies! "Van dir les dues coses.

Els dos tenen temps per fer una anàlisi ràpida de l'entorn: Davant de la taula de servei, el metge, la cadira en què estava assegut i darrere d'un armari. Al costat dret, un llit. A la paret, pintures expressionistes de l'autor Cândido Portinari que representen l'home del camp. L'ambient és molt acollidor deixant les noies a gust. L'ambient de relaxació es trenca per l'aspecte formal de la consulta.

"Digues-me el que estàs sentint, noies!

Això sonava informal a les noies. Que dolç era aquell home ros! Devia ser deliciós per menjar.

"Mal de cap, indisposició i virus! -li va dir Amelinha.

"Estic sense alè i cansat! "Va afirmar Belinha.

"Està bé! Deixa'm mirar! Tomba't al llit! "El Doctor va preguntar.

Les putes amb prou feines respiraven a aquesta petició. El professional els va fer treure part de la roba i la va sentir en diverses parts, cosa que els va provocar calfreds i suors fredes. En adonar-se que no hi havia res greu amb ells, l'assistent va fer broma:

"Tot sembla perfecte! De què vols que tinguin por? Una injecció al?

"M'encanta! Si es tracta d'una injecció gran i gruixuda encara millor! -va dir Belinha.

"S'aplicarà a poc a poc, amor? -va dir Amelinha.

"Ja estan demanant massa! "Va assenyalar el metge.

Tancant amb cura la porta, cau sobre les noies com un animal salvatge. En primer lloc, treu la resta de la roba dels cossos. Això agudeix encara més la seva libido. En estar completament nu, admira per un moment aquelles criatures escultòriques. Després és el seu torn de lluir-se. S'assegura que es treguin la roba. Això augmenta la interacció i la intimitat entre el grup.

Amb tot a punt, comencen els preliminars del sexe. L'ús de la llengua en parts sensibles com l'anus, el i l'orella la rossa provoca orgasmes de mini plaer en les dues dones. Tot anava bé fins i tot quan algú seguia trucant a la porta. No hi ha sortida, ha de respondre. Camina una mica i obre la porta. En fer-ho, es troba amb la infermera de guàrdia: una persona dues curses esvelta, amb les cames primes i excepcionalment baixes.

"Metge, tinc una pregunta sobre la medicació d'un pacient: són cinc o tres-cents mil·ligrams de aspirina? "Li va preguntar a Roberto mostrant una recepta.

"Cinc-cents! "Va confirmar Àlex.

En aquest moment, la infermera va veure els peus de les noies nues que intentaven amagar-se. Va riure per dins.

"Fent broma una mica, eh, Doc? Ni tan sols truqueu als vostres amics!

"Disculpeu-me! Vols formar part de la colla?

"M'encantaria!

"Doncs vine!

Els dos van entrar a l'habitació tancant la porta darrere d'ells. Més que ràpidament, la persona dues curses es va treure la roba. Nu, va mostrar el seu pal llarg, gruixut i venós com a trofeu. Belinha estava encantada i aviat li donava sexe oral. Alex també va exigir que Amelinha fes el mateix amb ell. Després de l'oral, van començar l'anal. En aquesta part, Belinha va trobar extres enyorant difícil aferrar-se a la polla monstre de la infermera. Però un cop va entrar al forat, el seu plaer va ser enorme. D'altra banda, no sentien cap dificultat perquè el seu penis era normal.

Després van tenir relacions sexuals vaginals en diverses posicions. El moviment d'anada i tornada a la cavitat va provocar al·lucinacions en elles. Després d'aquesta etapa, els quatre es van unir en un sexe en grup. Va ser la millor experiència en què es van gastar les energies restants. Quinze minuts després, tots dos estaven esgotats. Per a les germanes, el sexe no s'acabaria mai, però bé, ja que es respectava la fragilitat d'aquells homes. Sense voler pertorbar la seva feina, van deixar de portar el certificat de justificació del treball i el seu telèfon personal. Van sortir completament compostos sense despertar l'atenció de ningú durant el pas de l'hospital.

En arribar a l'aparcament, van entrar al cotxe i van iniciar el camí de tornada. Feliços com són, ja estaven pensant en les seves properes malifetes sexuals. Les germanes pervertides eren realment alguna cosa!

Classes Particulars

Va ser una tarda com qualsevol altra. Nouvinguts de la feina, les germanes pervertides estaven ocupades amb les tasques domèstiques. Després d'acabar totes les tasques, es van reunir a l'habitació per descansar una mica. Mentre Amelinha llegia un llibre, Belinha utilitzava la Internet mòbil per navegar pels seus llocs web preferits.

En algun moment, el segon crida en veu alta a l'habitació, cosa que espanta la seva germana.

"Què és, nena? Estàs boig? -va preguntar Amelinha.

"Acabo d'accedir a la pàgina web dels concursos tenint una sorpresa agraïda " va informar Belinha.

"Explica'm més!

"Les inscripcions del tribunal regional federal estan obertes. Anem a fer-ho?

"Bona trucada, germana meva! Quin és el sou?

"Més de deu mil dòlars inicials.

"Molt bé! La meva feina és millor. Tot i això, faré el concurs perquè m'estic preparant per buscar altres esdeveniments. Servirà com a experiment.

"Ho fas molt bé! M'animes. Ara bé, no sé per on començar. Em pots donar consells?

"Comprar un curs virtual, fer moltes preguntes als llocs de proves, fer i refer proves anteriors, escriure resums, veure consells i descarregar bons materials a Internet, entre altres coses.

"Gràcies! Prendré tots aquests consells! Però necessito alguna cosa més. Mira, germana, ja que tenim diners, què tal si paguem una classe particular?

"No ho havia pensat. Aquesta és una idea innovadora! Tens algun suggeriment per a una persona competent?

"Tinc un professor molt competent aquí d'Arcoverde en els meus contactes telefònics. Mireu la seva foto!

Belinha va donar a la seva germana el seu telèfon mòbil. En veure la foto del noi, estava extasiada. A més de guapo, era intel·ligent! Seria una víctima perfecta que la parella unís l'útil a l'agradable.

"A què esperem? Aconsegueix-lo, germana! Hem d'estudiar aviat. "Amelinha va dir.

"Ho has aconseguit! "Belinha va acceptar.

Aixecant-se del sofà, va començar a marcar els números del telèfon al coixinet del número. Un cop feta la trucada, només trigarà uns instants a ser contestada.

"Hola. Estàs bé?

"Tot és genial, Renato.

"Enviar les comandes.

"Estava navegant per Internet quan vaig descobrir que les sol·licituds per al concurs judicial regional federal estan obertes. Vaig nomenar la meva ment immediatament com un professor respectable. Recordes la temporada escolar?

"Recordo bé aquella època. Bons moments els que no tornen!

"Així és! Tens temps per donar-nos una classe particular?

"Quina conversa, senyora jove! Per a tu sempre tinc temps! Quina data fixem?

"Ho podem fer demà a les 2:00? Hem de començar!

"És clar que sí! Amb la meva ajuda, humilment dic que les possibilitats de passar augmenten increïblement.

"N'estic segur!

"Que bé! Em podeu esperar a les 2:00.

"Moltes gràcies! Fins demà!

"Ens veiem més tard!

Belinha va penjar el telèfon i va esbossar un somriure per a la seva companya. Sospitant de la resposta, Amelinha va preguntar:

"Com va anar?

"Va acceptar. Demà a les 2:00 serà aquí.

"Que bé! Els nervis m'estan matant!

"Pren-t'ho amb calma, germana! Estarà bé.

"Amén!

"Preparem el sopar? Ja tinc gana!

"Ben recordat.!

La parella va anar de la sala d'estar a la cuina on en un ambient agradable es parlava, jugava, cuinava entre altres activitats. Eren figures exemplars de germanes unides pel dolor i la soledat. El fet que fossin en el sexe només els qualificava encara més. Com tots sabeu, la dona brasilera té sang calenta.

Poc després, es fraternitzaven al voltant de la taula, pensant en la vida i les seves vicissituds.

"Menjant aquest deliciós Crema de pollastre, recordo l'home negre i els bombers! Moments que no semblen passar mai! -Belinha va dir!

"Explica'm-ho! Aquests nois són deliciosos! Per no parlar de la infermera i el metge! També em va encantar! "Recordava Amelinha!

"Prou cert, germana meva! Tenir un pal preciós qualsevol home es torna agradable! Que les feministes em perdonin!

"No cal que siguem tan radicals...!

Els dos riuen i continuen menjant el menjar a taula. Per un moment, res més importava. Estaven sols al món i això els qualificava de Deesses de la bellesa i l'amor. Perquè el més important és sentir-se bé i tenir autoestima.

Confiats en ells mateixos, continuen en el ritual familiar. Al final d'aquesta etapa, naveguen per internet, escolten música a l'estèreo de la sala d'estar, miren telenovel·les i, més tard, una pel·lícula pornogràfics. Aquesta pressa els deixa sense alè i cansats obligant-los a anar a descansar a les seves respectives habitacions. Esperaven amb impaciència l'endemà.

No trigaran a caure en un son profund. A part dels malsons, la nit i l'alba tenen lloc dins del rang normal. Tan bon punt arriba l'alba, s'aixequen i comencen a seguir la rutina normal: Bany, esmorzar, treballar, tornar a casa, banyar-se, dinar, migdiada i traslladar-se a l'habitació on esperen la visita programada.

Quan senten trucar a la porta, Belinha s'aixeca i se'n va

a respondre. En fer-ho, es troba amb el professor somrient. Això li va causar una bona satisfacció interna.

"Benvingut de nou, amic meu! Preparat per ensenyar-nos?

"Sí, molt, molt llest! Gràcies de nou per aquesta oportunitat! -va dir Renato.

"Anem a pams! - va dir Belinha.

El noi no s'ho va pensar dues vegades i va acceptar la petició de la noia. Va saludar Amelinha i, en el seu senyal, es va asseure al sofà. La seva primera actitud va ser treure's la brusa de punt negre perquè feia massa calor. Amb això, va deixar la seva placa de pit ben treballada al gimnàs, el degoteig de suor i la seva llum de pell fosca. Tots aquests detalls eren afrodisíacs naturals per a aquells dos " Pervertits ".

Fent veure que no passava res, es va iniciar una conversa entre tots tres.

"Vas preparar una bona classe, professor? -va preguntar Amelinha.

-Sí! Comencem per quin article? -li va preguntar Renato.

"No ho sé... -va dir Amelinha.

"Què tal si ens divertim primer? Després de treure't la camisa, em vaig mullar! "Va confessar Belinha.

"Jo també" va dir Amelinha.

"Vosaltres dos sou realment maníacs sexuals! No és això el que m'agrada? -Va dir l'amo.

Sense esperar resposta, es va treure els texans blaus mostrant els músculs adductors de la cuixa, les seves ulleres de sol mostrant els seus ulls blaus i finalment la seva roba interior mostrant una perfecció de penis llarg, de gruix mitjà i amb el cap triangular. N'hi havia prou que les putes caiguessin a sobre i comencessin a gaudir d'aquell cos viril i jovial. Amb la seva ajuda, es van treure la roba i van començar els preliminars del sexe.

En definitiva, es tractava d'una meravellosa trobada sexual on van experimentar moltes coses noves. Van ser quaranta minuts de sexe salvatge en total harmonia. En aquests moments, l'emoció era tan gran que ni tan sols notaven el temps i l'espai. Per tant, eren infinits a través de l'amor de Déu.

Quan van arribar a l'èxtasi, van descansar una mica al sofà. Després van estudiar les disciplines encarregades per la competició. Com a estudiants, els dos van ser útils, intel·ligents i disciplinats, cosa que va assenyalar el professor. Estic segur que anaven camí de l'aprovació.

Tres hores després, van abandonar les noves reunions d'estudi prometedores. Feliços a la vida, les germanes pervertides van anar a ocupar-se dels seus altres deures ja pensant en les seves properes aventures. Eren coneguts a la ciutat com "Els Insaciables".

Prova de competició

Ha passat un temps. Durant uns dos mesos, les germanes pervertides es van anar dedicant al concurs segons el temps disponible. Cada dia que passava, estaven més preparats per al que venia i anava. Al mateix temps, hi va haver trobades sexuals i, en aquests moments, van ser alliberats.

Per fi havia arribat el dia de la prova. Sortint aviat de la capital de l'interior, les dues germanes van començar a caminar per la carretera BR 232 d'un recorregut total de 250 km. Pel camí, van passar pels principals punts de l'interior de l'estat: Pesqueira, Bonic jardí, Sant Gaetano, Caruaru, Gravatá, Vedells i victòria del sant Antao. Cadascuna d'aquestes ciutats tenia una història per explicar i a partir de la seva experiència la van absorbir completament. Que bo era veure les muntanyes, la Selva Atlàntica, la caatinga, les granges, granges, pobles, pobles petits i prendre l'aire net que venia dels boscos. Pernambuco era un estat meravellós!

Entrant en el perímetre urbà de la capital, celebren la bona realització del Viatge. Agafen l'avinguda principal fins al barri bon viatge on realitzarien la prova. Pel camí, s'enfronten al trànsit congestionat, a la indiferència dels desconeguts, a l'aire contaminat i a la manca d'orientació. Però finalment ho van aconseguir. Entren a l'edifici respectiu, s'identifiquen i comencen la prova que duraria dos períodes. Durant la primera part de la prova, estan totalment centrats en el repte de preguntes d'opció múltiple. Doncs bé, elaborat pel banc responsable de l'esdeveniment, va impulsar les elaboracions més diverses de les dues. Segons la seva opinió, ho estaven fent bé. Quan van fer el descans, van sortir a dinar i a prendre un suc en un restaurant de davant de l'edifici. Aquests moments van ser importants perquè mantinguessin la seva confiança, relació i amistat.

Després d'això, van tornar al lloc de prova. Després va començar el segon període de l'esdeveniment amb temes relacionats amb altres disciplines. Fins i tot sense mantenir el mateix ritme, encara eren molt perceptius en les seves respostes. Van demostrar d'aquesta manera que la millor manera de superar concursos és dedicant-se molt als estudis. Una estona després, van acabar amb la seva participació confiada. Van lliurar les proves, van tornar al cotxe i es van dirigir cap a la platja situada a prop.

Pel camí, van tocar, van encendre el so, van comentar la cursa i van avançar pels carrers de Recife veient els carrers il·luminats de la capital perquè era de nit. Es meravellen de l'espectacle vist. No és d'estranyar que la ciutat sigui coneguda com la "Capital dels tròpics". El sol es va posar donant a l'entorn un aspecte encara més magnífic. Que bonic ser-hi en aquest moment!

Quan van arribar al nou punt, es van acostar a la vora del mar i després es van llançar a les seves aigües fredes i tranquil·les. El sentiment provocat és extàtic d'alegria, satisfacció, satisfacció i pau. Perdent la pista del temps, neden fins que estan cansats. Després d'això, s'asseuen a la platja a la llum de les estrelles sense cap por ni preocupació. La màgia es va apoderar d'ells de manera brillant. Una paraula que es va utilitzar en aquest cas va ser "Incommensurable".

En algun moment, amb la platja gairebé deserta, hi ha una aproximació de dos homes de les noies. Intenten aixecar-se i córrer davant el perill. Però són aturats pels braços forts dels nois.

"Pren-t'ho amb calma, noies! No et farem mal! Només demanem una mica d'atenció i afecte!" Un d'ells va parlar.

Davant el to melós, les noies van riure amb emoció. Si volien sexe, per què no satisfer-los? Eren experts en aquest art. Responent a les seves expectatives, es van aixecar i els van ajudar a treure's la roba. Van lliurar dos preservatius i van fer un striptease. N'hi havia prou amb tornar bojos aquells dos homes.

En caure a terra, s'estimaven per parelles i els seus moviments feien tremolar el terra. Es van permetre totes les variacions i desitjos sexuals de tots dos. En aquest punt de lliurament, no els importava res ni a ningú. Per a ells, estaven sols a l'univers en un gran ritual d'amor sense prejudicis. En el sexe, estaven totalment entrellaçats produint un poder mai vist. Com els instruments, formaven part d'una força més gran en la continuació de la vida.

Només l'esgotament els obliga a aturar-se. Plenament satisfets, els homes abandonen i s'allunyen. Les noies decideixen tornar al cotxe. Comencen el seu viatge de tornada a la seva residència. Bé, es van emportar les seves experiències i esperaven bones notícies sobre el concurs en què van participar. Sens dubte, mereixien la millor sort del món.

Tres hores després, van tornar a casa en pau. Donen gràcies a Déu per les benediccions concedides per anar a dormir. L'altre dia, esperava més emocions per als dos maníacs.

El retorn del professor

Albada. El sol surt d'hora amb els seus raigs passant per les esquerdes de la finestra anant a acariciar les cares de les nostres estimades noies. A més, la brisa fina del matí va ajudar a crear-hi estat d'ànim. Que bonic va ser tenir l'oportunitat d'un altre dia amb la benedicció del Pare. A poc a poc, els dos s'aixequen dels seus respectius llits alhora. Després de banyar-se, la seva trobada té lloc a la marquesina on preparen l'esmorzar junts.

És un moment d'alegria, anticipació i distracció compartint experiències en moments increïblement fantàstics.

Un cop llest l'esmorzar, es reuneixen al voltant de la taula còmodament asseguts en cadires de fusta amb respatller per a la columna. Mentre mengen, intercanvien experiències íntimes.

Belinha

Germana meva, què era això?

Amelinha

Pura emoció! Encara recordo tots els detalls dels cossos d'aquells estimats cretins!

Belinha

Jo també! Vaig sentir un plaer immens. Va ser gairebé extrasensorial.

Amelinha

Ho sé! Fem aquestes coses boges més sovint!

Belinha

Estic d'acord!

Amelinha

T'ha agradat la prova?

Belinha

Em va encantar. M'estic morint per comprovar el meu rendiment!

Amelinha

Jo també!

Tan bon punt van acabar d'alimentar-se, les noies van agafar els seus telèfons mòbils accedint a internet mòbil. Van navegar fins a la pàgina de l'organització per comprovar els comentaris de la prova. Ho van anotar en paper i van anar a l'habitació a comprovar les respostes.

A dins, van saltar d'alegria quan van veure la bona nota. Havien passat! L'emoció sentida no es podia contenir ara mateix. Després de celebrar molt, té la millor idea: convidar el mestre Renato perquè puguin celebrar l'èxit de la missió. Belinha torna a estar al capdavant de la missió. Agafa el telèfon i truca.

Belinha
Hola?
Renato
Hola, estàs bé? Com estàs, dolça Belinha?
Belinha
Molt bé! Endevina què acaba de passar.
Renato
No em diguis tu....
Belinha
Sí! Hem passat el concurs!
Renato
La meva enhorabona! No t'ho he dit?
Belinha
Vull agrair-vos molt la vostra col·laboració en tots els sentits. M'entens, no?
Renato
Jo sí que ho entenc. Hem de configurar alguna cosa. Preferiblement a casa teva.
Belinha
Per això vaig trucar. Podem fer-ho avui?
Renato

Sí! Ho puc fer aquesta nit.
Belinha
Meravella. Us esperem a les vuit de la nit.
Renato
D'acord. Puc portar el meu germà?
Belinha
Per descomptat!
Renato
Fins aviat!
Belinha
Fins aviat!

La connexió s'acaba. Mirant la seva germana, Belinha deixa anar una rialla de felicitat. Curiós, l'altre pregunta:
Amelinha
I què? Què veus?
Belinha
Està bé! A les vuit d'aquesta nit ens retrobarem. Ell i el seu germà venen! Has pensat en l'orgia?
Amelinha
Conta-m'ho! Ja estic plena d'emoció!
Belinha
Que hi hagi cor! Espero que funcioni!
Amelinha
"Tot ha funcionat!

Les dues rialles omplen simultàniament l'ambient de vibracions positives. En aquell moment, no tenia cap dubte que el destí conspirava per a una nit de diversió per a aquell duo maníac. Ja havien aconseguit tantes etapes junts que ara no s'afeblirien. Per tant, haurien de continuar idolatrant els homes com a joc sexual i després descartar-los. Aquesta era la cursa que menys podia fer per pagar el seu patiment. De fet, cap dona mereix patir. O millor dit, totes les dones no mereixen dolor.

Temps per posar-se a treballar. Deixant l'habitació ja preparada, les dues germanes van al garatge on surten en el seu cotxe particular. Amelinha porta a Belinha a l'escola primer i després se'n va a l'oficina de la granja. Allà traspua alegria i explica les notícies professionals. Per l'aprovació del concurs, rep les felicitacions de tots. A Belinha li passa el mateix.

Més tard, tornen a casa i es retroben. Després comença la preparació per rebre els teus companys. El dia prometia ser encara més especial.

Exactament a l'hora prevista, senten trucar a la porta. Belinha, la més intel·ligent d'elles, s'aixeca i respon. Amb passos ferms i segurs, es posa a la porta i l'obre lentament. Un cop finalitzada aquesta operació, visualitza la parella de germans. Amb un senyal de l'amfitrió, entren i s'instal·len al sofà de la sala d'estar.

Renato
Aquest és el meu germà. El seu nom és Ricardo.
Belinha
Encantat de conèixer-te, Ricardo.
Amelinha
Us donem la benvinguda aquí!
Ricardo
Us dono les gràcies a tots dos. El plaer és tot meu!
Renato
Estic a punt! Podem anar només a l'habitació?

Belinha

Vinga!

Amelinha

Qui aconsegueix qui ara?

Renato

Jo mateix trio Belinha.

Belinha

Gràcies, Renato, gràcies! Estem junts!

Ricardo

Estaré encantat de quedar-me amb Amelinha!

Amelinha

Vas a tremolar!

Ricardo

Ja ho veurem!

Belinha

Doncs que comenci la festa!

Els homes col·locaven suaument les dones al braç portant-les fins als llits situats al dormitori d'un d'ells. En arribar al lloc, es treuen la roba i cauen en els bells mobles iniciant el ritual de l'amor en diverses posicions, intercanvien carícies i complicitats. L'emoció i el plaer eren tan grans que els gemecs produïts es podien sentir pel carrer escandalitzant els veïns. Vull dir, no tant, perquè ja coneixien la seva fama.

Amb la conclusió des de dalt, els amants tornen a la cuina on beuen suc amb galetes. Mentre mengen, xerren durant dues hores, augmentant la interacció del grup. Que bo era estar allà aprenent sobre la vida i com ser feliç. La satisfacció és estar bé amb un mateix i amb el món afirmant les seves experiències i valors davant els altres portant la certesa de no poder ser jutjat pels altres. Per tant, el màxim que creien era "Cadascú és la seva pròpia persona".

En caure la nit, per fi s'acomiaden. Els visitants marxen deixant el "Estimat Pirineu" encara més eufòrics a l'hora de pensar en noves situacions. El món seguia girant cap als dos confidents. Que tinguin sort!

El pallasso maníac

Diumenge va arribar i amb ell moltes notícies a la ciutat. Entre ells, l'arribada d'un circ anomenat " estrella", famós a tot el Brasil. Això és tot el que hem parlat a la zona. Curiosament, les dues germanes es van programar per assistir a la inauguració de l'espectacle previst per a aquesta mateixa nit.

A prop de l'horari, els dos ja estaven preparats per sortir després d'un sopar especial per a la celebració de la seva persona soltera. Vestits per a la gala, tots dos van desfilar simultàniament, on van sortir de casa i van entrar al garatge. Entrant al cotxe, comencen amb un d'ells baixant i tancant el garatge. Amb la tornada de les mateixes, el viatge es pot reprendre sense més problemes.

Sortint del districte de Saint Christopher, dirigiu-vos cap al districte de Boa Vista a l'altre extrem de la ciutat, la capital de l'interior amb uns vuitanta mil habitants. Mentre caminen per les tranquil·les avingudes, els sorprèn l'arquitectura, la decoració nadalenca, els esperits de la gent, les esglésies, les muntanyes de les quals semblaven parlar, els fragants jocs de paraules intercanviats en complicitat, el so del rock fort, el perfum francès, les converses sobre política, negocis, societat, festes, cultura del nord-est i secrets. De totes maneres, estaven totalment relaxats, ansiosos, nerviosos i concentrats.

Pel camí, a l'instant, cau una pluja fina. Contra les expectatives, les noies obren les finestres del vehicle fent que petites gotes d'aigua lubriquin la cara. Aquest gest mostra la seva senzillesa i autenticitat, veritables campions auto-astrals. Aquesta és la millor opció per a les persones. Quin sentit té eliminar els fracassos, la inquietud i el dolor del passat? No els portarien enlloc. Per això van ser feliços a través de les seves eleccions. Tot i que el món els jutjava, no els importava perquè eren propietaris del seu destí. Feliç aniversari a ells!

A uns deu minuts, ja són a l'aparcament annex al circ. Tanquen el cotxe, caminen uns metres cap al pati interior de l'entorn. Per arribar aviat, s'asseuen a les primeres graderies. Mentre espereu l'espectacle, compren crispetes, cervesa, deixeu caure el merda i jocs de paraules silenciosos. No hi havia res millor que estar al circ!

Quaranta minuts després, s'inicia l'espectacle. Entre les atraccions hi ha pallassos de broma, acròbates, trapezistes, contorsionistes, globus de la mort, mags, malabaristes i un espectacle musical. Durant tres hores, viuen moments màgics, divertits, distrets, juguen, s'enamoren, per fi, en directe. Amb la ruptura de l'espectacle, s'asseguren d'anar al vestidor i saludar un dels pallassos. Havia aconseguit l'acrobàcia d'animar-los com mai va passar.

Dalt de l'escenari, heu d'aconseguir una línia. Casualment, són els últims a entrar al vestidor. Allà, troben un pallasso desfigurat, lluny de l'escenari.

"Hem vingut aquí per felicitar-vos pel vostre gran espectacle. Hi ha un do de Déu! Va veure Belinha.

"Les teves paraules i els teus gestos han sacsejat el meu esperit. No ho sé, però vaig notar una tristesa als teus ulls. Tinc raó?

"Gràcies a tots dos per les paraules. Quins són els teus noms? Va respondre el pallasso.

"Em dic Amelinha!

"Em dic Belinha.

"Encantat de conèixer-te. Em pots dir Gilberto! He passat prou dolor en aquesta vida. Un d'ells va ser la recent separació de la meva dona. Has d'entendre que no és fàcil separar-te de la teva dona després de 20 anys de vida, oi? Independentment, em complau complir el meu art.

"Pobre noi! Ho sento! (Amelinha).

"Què podem fer per animar-lo? (Belinha).

"No sé com. Després de la ruptura de la meva dona, la trobo molt a faltar. (Gilberto).

"Podem arreglar-ho, no podem, germana? (Belinha).

"És clar. Ets un home de bon aspecte. (Amelinha)

"Gràcies, noies. Ets meravellós. Va exclamar Gilberto.

Sense esperar més, l'home blanc, alt, fort i d'ulls foscos es va despullar i les dames van seguir el seu exemple. Nu, el trio va entrar al front allà mateix a terra. Més que un intercanvi d'emocions i juraments, el sexe els va divertir i els va animar. En aquells breus moments, sentien parts d'una força més gran, l'amor de Déu. A través de l'amor, van arribar al major èxtasi que un humà podia aconseguir.

En acabar l'acte, es disfressen i s'acomiaden. Aquell pas

més i la conclusió que va arribar va ser que l'home era un llop salvatge. Un pallasso maníac que mai oblidaràs. Ja no, deixen el circ traslladant-se a l'aparcament. Estan pujant al cotxe començant el camí de tornada. Els dies següents es van prometre més sorpreses.

La segona matinada ha arribat més bonica que mai. A primera hora del matí, els nostres amics estan encantats de sentir la calor del sol i la brisa que vaga a la cara. Aquests contrastos provocaven en l'aspecte físic de la mateixa una bona sensació de llibertat, satisfacció, satisfacció i alegria. Estaven preparats, per, per afrontar un nou dia.

No obstant això, concentren les seves forces culminant en el seu aixecament. El següent pas és anar a la suite i fer-ho amb extrema vagància com si fossin de l'estat de Bahia. Per no fer mal als nostres estimats veïns, és clar. La terra de tots els sants és un lloc espectacular ple de cultura, història i tradicions seculars. Visca Bahia.

Al bany, es treuen la roba per l'estranya sensació que no estaven sols. Qui se sent mai a parlar de la llegenda del bany rossa? Després d'una marató de pel·lícules de terror, era normal posar-s'hi en problemes. En l'instant posterior, van assentir amb el cap intentant estar més tranquils. De sobte, em ve al cap de cadascun d'ells, la seva trajectòria política, la seva vessant ciutadana, la seva vessant professional, religiosa i el seu aspecte sexual. Se senten bé per ser dispositius imperfectes. Estaven segurs que qualitats i defectes afegien a la seva personalitat.

A més, es tanquen al bany. En obrir la dutxa, deixen que l'aigua calenta flueixi pels cossos suats a causa de la calor de la nit anterior. El líquid serveix de catalitzador absorbint totes les coses tristes. Això és precisament el que necessitaven ara: oblidar el dolor, el trauma, les decepcions, la inquietud intentant trobar noves expectatives. L'any en curs va ser crucial en això. Un gir fantàstic en tots els aspectes de la vida.

El procés de neteja s'inicia amb l'ús d'esponges vegetals, sabó, xampú, a més d'aigua. Actualment, senten un dels millors plaers que t'obliga a recordar l'entrada a l'escull i les aventures a la platja. Intuïtivament, el seu esperit salvatge demana més aventures en el que es queden per analitzar tan aviat com puguin. La situació afavorida pel temps de descans realitzat en el treball de tots dos com a premi a la dedicació al servei públic.

Durant uns 20 minuts, van deixar una mica de banda els seus objectius per viure un moment reflexiu en la seva respectiva intimitat. Al final d'aquesta activitat, surten del vàter, netegen el cos mullat amb la tovallola, porten roba i sabates netes, porten perfum suís, maquillatge importat d'Alemanya amb ulleres de sol i tiares genuïnament boniques. Completament preparats, es traslladen a la copa amb els moneders a la tira i es saluden feliços amb el retrobament en agraïment al bon Senyor.

En cooperació, preparen un esmorzar d'enveja: cuscús amb salsa de pollastre, verdures, fruita, crema de cafè i galetes. A parts iguals, els aliments es divideixen. Alternen moments de silenci amb breus intercanvis de paraules perquè eren educats. Acabat l'esmorzar, no hi ha escapatòria més enllà del que pretenien.

"Què suggereixes, Belinha? Estic avorrit!

"Tinc una idea intel·ligent. Recordeu aquella persona que vam conèixer al festival literari?

"Ho recordo. Era escriptor, i el seu nom era Diví.

"Tinc el seu número. Què tal si ens posem en contacte? M'agradaria saber on viu.

"Jo també. Gran idea. Fes-ho. M'encantarà.

"Tot correcte!

Belinha va obrir la bossa, va agafar el telèfon i va començar a marcar. En uns instants, algú respon a la línia i comença la conversa.

"Hola.

"Hola, diví. D'acord?

"Tot bé, Belinha. Com va?

"Ho estem fent bé. Mireu, aquesta invitació encara està activada? A la meva germana i a mi ens agradaria tenir un espectacle especial aquesta nit.

"Per descomptat, jo sí. No te'n penediràs. Aquí tenim serres, natura abundant, aire fresc més enllà de gran companyia. Avui també estic disponible.

"Que meravellós. Doncs espera'ns a l'entrada del poble. En la majoria dels 30 minuts hi som .

"Està bé. Fins aviat!

"Ens veiem més tard!

La convocatòria finalitza. Belinha torna a comunicar-se amb la seva germana.

"Va dir que sí. Hauríem de?

"Vinga. Què estem esperant?

Tots dos desfilen des de la copa fins a la sortida de la casa, tancant la porta darrere d'ells amb una clau. Després es traslladen al garatge. Condueixen el cotxe familiar oficial, deixant enrere els seus problemes a l'espera de noves sorpreses i emocions a la terra més important del món. A través de la ciutat, amb un fort so encès, mantenien la seva petita esperança per a ells mateixos. Va valer la pena tot en aquell moment fins que vaig pensar en l'oportunitat de ser feliç per sempre.

Amb un breu temps, prenen el costat dret de la carretera BR 232. Així doncs, comença el curs cap a l'assoliment i la felicitat. Amb velocitat moderada, poden gaudir del paisatge de muntanya a la vora de la pista. Tot i que era un entorn conegut, cada passatge que hi havia era més que una novetat. Va ser un jo redescobert.

Passant per llocs, granges, pobles, núvols blaus, cendres i roses, aire sec i temperatura calenta van. En el temps programat, estan arribant al més bucòlic de l'entrada de l'interior brasiler. Mimoso dels coronels, dels psíquics, de la Immaculada Concepció, i de persones amb alta capacitat intel·lectual.

Quan es van aturar per l'entrada del barri, esperaven el teu estimat amic amb el mateix somriure de sempre. Un bon senyal per a aquells que buscaven aventures. En baixar del cotxe, van a trobar-se amb el noble company que els rep amb una abraçada que es converteix en triple. Aquest instant no sembla que s'acabi. Ja es repeteixen, comencen a canviar les primeres impressions.

"Com estàs, diví? Va preguntar Belinha.

"Bé, com estàs? Corresponia el psíquic.

"Genial! (Belinha).

"Millor que mai", ha afegit Amelinha.

"Tinc una gran idea. Què tal si pugem a la muntanya

Ororubá? Va ser allà fa exactament vuit anys que va començar la meva trajectòria en la literatura.

"Quina bellesa! Serà un honor! (Amelinha).

"Per a mi també! M'encanta la natura. (Belinha).

"Per tant, deixem-nos anar ara. (Aldivan).

Signant per seguir, la misteriosa amiga de les dues germanes va avançar pels carrers del centre de la ciutat. Baixant a la dreta, entrant en un lloc privat i caminant uns cent metres els posa al fons de la serra. Fan una parada ràpida, perquè puguin descansar i hidratar-se. Com va ser pujar a la muntanya després de totes aquestes aventures? La sensació era pau, recolliment, dubte i vacil·lació. Era com si fos la primera vegada amb tots els reptes imposats pel destí. De sobte, els amics s'enfronten al gran escriptor amb un somriure.

"Com va començar tot? Què significa això per a tu? (Belinha).

"El 2009, la meva vida va girar sobre la monotonia. El que em va mantenir viu va ser la voluntat d'exterioritzar el que sentia al món. Va ser llavors quan vaig sentir parlar d'aquesta muntanya i dels poders de la seva meravellosa cova. Sense sortida, vaig decidir arriscar-me en nom del meu somni. Vaig fer les maletes, vaig pujar a la muntanya, vaig realitzar tres reptes que em van acreditar entrar a la gruta de la desesperació, la gruta més mortífera i perillosa del món. Dins d'ella, he superat grans reptes acabant per arribar a la cambra. Va ser en aquell moment d'èxtasi que va passar el miracle, em vaig convertir en el psíquic, un ésser omniscient a través de les seves visions. Fins ara, hi ha hagut vint aventures més i no m'aturaré tan aviat. Gràcies als lectors, a poc a poc, estic aconseguint el meu objectiu de conquerir el món .

"Emocionant. Soc fan de la teva. (Amelinha).

"Emotiu. Sé com t'has de sentir a l'hora de tornar a realitzar aquesta tasca. (Belinha).

"Excel·lent. Sento una barreja de coses bones, com ara l'èxit, la fe, l'urpa i l'optimisme. Això em dona bona energia, deia el psíquic.

"Bé. Quins consells ens doneu?

"Mantinguem el focus. Esteu preparats per descobrir-ho millor per vosaltres mateixos? (el mestre).

"Sí. Van estar d'acord amb tots dos.

"Doncs segueix-me.

El trio ha reprès l'activitat. El sol s'escalfa, el vent bufa una mica més fort, els ocells volen i canten, les pedres i les espines semblen moure's, el terra sacseja i les veus de la muntanya comencen a actuar. Aquest és l'entorn present en la pujada de la serra.

Amb molta experiència, l'home de la cova ajuda les dones tot el temps. Actuant així, va posar en pràctica virtuts importants com la solidaritat i la cooperació. A canvi, li van prestar una calor humana i una dedicació desigual. Podríem dir que era aquell trio insuperable, imparable, competent.

A poc a poc, van pujant pas a pas els passos de la felicitat. Malgrat els considerables èxits, continuen sent incansables en la seva recerca. En una seqüela, alenteixen una mica el ritme de la caminada, però mantenint-lo constant. Com diu la dita, a poc a poc va molt lluny. Aquesta certesa els acompanya tot el temps creant un espectre espiritual de pacients, precaució, tolerància i superació. Amb aquests elements, tenien fe per superar qualsevol adversitat.

El següent punt, la pedra sagrada, conclou un terç del curs. Hi ha una breu pausa, i gaudeixen per pregar, per agrair, per reflexionar i planificar els propers passos. En la mesura adequada, buscaven satisfer les seves esperances, les seves pors, el seu dolor, tortura i penes. Per tenir fe, una pau inesborrable omple els seus cors.

Amb el reinici del viatge, la incertesa, els dubtes i la força de l'inesperat torna a actuar. Tot i que els podia espantar, portaven la seguretat d'estar en presència de Déu i el petit brot de l'interior. Res ni ningú els podria fer mal simplement perquè Déu no ho permetria. Es van adonar d'aquesta protecció en tots els moments difícils de la vida on altres simplement els abandonaven. Déu és efectivament el nostre únic amic lleial.

A més, estan a mig camí. La pujada es manté amb més dedicació i sintonia. Al contrari del que sol passar amb els escaladors habituals, el ritme ajuda a la motivació, la voluntat i el lliurament. Tot i que no eren esportistes, destacava el seu rendiment per ser joves sans i compromesos.

Després de completar tres quarts del recorregut, l'expectació arriba a nivells insuportables. Quant de temps haurien d'esperar? En aquest instant de pressió, el millor era intentar controlar l'impuls de la curiositat. Tota cura es devia ara a l'actuació de les forces oposades.

Amb una mica més de temps, per fi acaben la ruta. El sol brilla més, la llum de Déu els il·lumina i surt d'un rastre, el guardià i el seu fill Renato. Tot va renéixer completament al cor d'aquells petits encantadors. Mereixien aquesta gràcia per haver treballat tant. El següent pas del psíquic és trobar-se amb una forta abraçada amb els seus benefactors. Els seus companys el segueixen i fan l'abraçada quíntuple.

"És bo veure't, fill de Déu! No t'he vist en molt de temps! El meu instint matern em va advertir del teu plantejament, va dir la senyora ancestral.

"Estic content! És com si recordés la meva primera aventura. Hi havia tantes emocions. La muntanya, els reptes, la cova i els viatges en el temps han marcat la meva història. Tornar aquí em porta bones reminiscències. Ara, porto amb mi dos guerrers simpàtics. Necessitaven aquesta trobada amb el sagrat.

"Quins són els teus noms, senyores? Va preguntar al guardià de Muntanya.

"Em dic Belinha i soc auditora.

"Em dic Amelinha, i soc professora. Vivim a Arcoverde.

"Benvingudes, senyores. (Guardià de muntanya.).

"Estem agraïts! Dit en concomitant els dos visitants amb llàgrimes corrent pels ulls.

"M'encanten les noves amistats, també. Estar al costat del meu amo de nou em dona un plaer especial d'aquells indescriptibles. Les úniques persones que saben entendre això som nosaltres dos. No és així, soci? (Renato).

"No canvies mai, Renato! Les teves paraules no tenen preu. Amb tota la meva bogeria, trobar-lo va ser una de les coses bones del meu destí.

El meu amic i el meu germà van respondre al psíquic sense calcular les paraules. Van sortir amb naturalitat pel veritable sentiment que es nodria per a ell.

"Ens correspon la mateixa mesura. Per això la nostra història és un èxit, va dir el jove.

"Que bonic estar en aquesta història. No tenia ni idea de l'especial que era la muntanya en la seva trajectòria, estimada escriptora, va dir Amelinha.

"És molt admirable, germana. A més, els vostres amics són realment agradables. Estem vivint la ficció real i això és el més meravellós que hi ha. (Belinha).

"Agraïm el compliment. No obstant això, has d'estar cansat de l'esforç emprat en l'escalada. Què tal si tornem a casa? Sempre tenim alguna cosa a oferir. (Senyora).

"Hem aprofitat per posar-nos al dia de les nostres converses. Trobo molt a faltar Renato.

"Em sembla genial. Pel que fa a les senyores, què dius?

"M'encantarà. (Belinha).

"Ho farem!

"Doncs deixa'ns anar! Ha finalitzat el màster.

El quintet comença a caminar en l'ordre donat per aquella fantàstica figura. Immediatament, un cop fred pels esquelets fatigats de la classe. Qui era aquella dona i quins poders tenia? Malgrat tants moments junts, el misteri va romandre tancat com una porta a set claus. Mai ho sabrien perquè formava part del secret de la muntanya. Simultàniament, els seus cors romanien a la boira. Estaven esgotats de donar amor i no rebre, perdonar i decebre de nou. De totes maneres, o s'acostumaven a la realitat de la vida o patien molt. Necessitaven algun consell, per tant.

Pas a pas, superaran els obstacles. A l'instant, senten un crit inquietant. Amb una mirada, el cap els calma. Aquest era el sentit de la jerarquia, mentre que els més forts i experimentats protegien, els servents tornaven amb dedicació, culte i amistat. Era un carrer bidireccional.

Malauradament, gestionaran el passeig amb molta i suavitat. Quina idea havia passat pel cap de Belinha? Estaven enmig de l'arbust rebentat per animals desagradables que els podien fer mal. A part d'això, hi havia espines i pedres punxegudes als peus. Com que cada situació té el seu punt de vista, ser-hi era l'única possibilitat d'entendre't a tu mateix i als teus desitjos, una cosa deficitària en la vida dels visitants. Aviat, va valer la pena l'aventura.

A continuació, a mig camí, faran una parada. Just a prop d'allà, hi havia un hort. Es dirigeixen cap al cel. En al·lusió al conte bíblic, se sentien completament lliures i integrats a la natura. Com els nens, juguen a escalar arbres, agafen els fruits, baixen i se'ls mengen. Després mediten. Van aprendre tan bon punt la vida es fa per moments. Tant si estan tristos com feliços, és bo gaudir-los mentre estem vius.

A l'instant posterior, es banyen refrescant al llac adjunt. Aquest fet provoca bons records d'una vegada, de les experiències més notables de les seves vides. Que bonic era ser un nen! Que difícil va ser créixer i enfrontar-se a la vida adulta. Conviure amb el fals, la mentida i la falsa moral de les persones.

Seguint endavant, s'acosten al destí. Baixant per la dreta del sender, ja es pot veure el senzill voladís. Aquest era el santuari de la gent més meravellosa i misteriosa de la muntanya. Eren meravellosos, el que demostra que el valor d'una persona no està en el que posseeix. La noblesa de l'ànima té caràcter, en actituds de caritat i d'assessorament. Per tant, diu la dita: un amic de la plaça és millor que els diners dipositats en un banc.

Uns passos endavant, s'aturen davant de l'entrada de la cabina. Obtindran respostes a les vostres consultes internes? Només el temps va poder respondre a aquesta i altres preguntes. L'important d'això era que hi eren per al que va i ve.

Prenent el paper d'amfitriona, el tutor obre la porta, donant accés a tots els altres a l'interior de la casa. Entren al habitació buit, observant-ho tot àmpliament. Estan impressionats amb la delicadesa del lloc representat per l'ornamentació, els objectes, el mobiliari i el clima de misteri. Contradictòriament, hi havia més riqueses i diversitat cultural que en molts palaus. Per tant, podem sentir-nos feliços i complets fins i tot en entorns humils.

Un a un, t'instal·laràs a les ubicacions disponibles, excepte Renato que va a la cuina a preparar el dinar. El clima inicial de timidesa es trenca.

"M'agradaria conèixer-te millor, noies.

"Som dues noies Ciutat d'Arcoverde. Som feliços professionalment, però perdedors enamorats. Des que vaig ser traïda per la meva antiga parella, m'he vist frustrada», confessa Belinha.

"Va ser llavors quan vam decidir tornar als homes. Vam fer un pacte per atraure'ls i utilitzar-los com a objecte. No tornarem a patir mai més, va dir Amelinha.

"Els dono tot el meu suport. Els vaig conèixer entre la multitud i ara ha arribat la seva oportunitat de visitar-los aquí. (Fill de Déu)

"Interessant. Aquesta és una reacció natural al patiment

de les decepcions. No obstant això, no és la millor manera de seguir-la. Jutjar una espècie sencera per l'actitud d'una persona és un clar error. Cadascun té la seva individualitat. Aquesta cara sagrada i desvergonyida teva pot generar més conflicte i plaer. Depèn de vosaltres trobar el punt correcte d'aquesta història. El que sí que puc fer és donar suport com va fer el teu amic i convertir-me en un accessori d'aquesta història analitzada per l'esperit sagrat de la muntanya.

"M'ho permetré. Vull trobar-me en aquest santuari. (Amelinha).

"Accepto també la teva amistat. Qui sabia que estaria en una telenovel·la fantàstica? El mite de la cova i la muntanya ho semblen ara. Puc fer un desig? (Belinha).

"Per descomptat, estimats.

"Les entitats de muntanya poden escoltar les peticions dels humils somiadors com m'ha passat a mi. Tingueu fe! (el fill de Déu).

"Estic molt incrèdul. Però si ho dius, ho intentaré. Demano una conclusió reeixida per a tots nosaltres. Deixeu que cadascun de vosaltres es faci realitat en els principals camps de la vida.

"Ho concedeixo! Trona una veu profunda al mig de la sala.

Les dues putes han fet un salt a terra. Mentrestant, els altres reien i ploraven davant la reacció de tots dos. Aquest fet havia estat més aviat una acció del destí. Quina sorpresa. No hi havia ningú que hagués pogut predir el que passava al cim de la muntanya. Com que un famós indi havia mort a l'escena, la sensació de realitat havia deixat espai per al sobrenatural, el misteri i l'insòlit.

"Quin infern era aquell tro? Estic tremolant fins ara», confessava Amelinha.

"Vaig sentir el que deia la veu. Ella va confirmar el meu desig. Estic somiant? Va preguntar Belinha.

"Els miracles passen! Amb el temps, sabreu exactament què significa dir això, va dir el mestre.

"Crec en la muntanya, i tu també hi has de creure. A través del seu miracle, segueixo aquí convençut i fora de perill de les meves decisions. Si fallem una vegada, podem tornar a començar. Sempre hi ha esperança per als vius: va assegurar el xaman del psíquic mostrant un senyal a la teulada.

"Un llum. Què vol dir això? (Belinha).

"És tan bonic i brillant. (Amelinha).

"És la llum de la nostra eterna amistat. Tot i que desapareix físicament, romandrà intacta en els nostres cors. (Guardià

"Tots som llum, encara que de maneres distingides. El nostre destí és la felicitat. (El psíquic).

Aquí és on entra Renato i fa una proposició.

"Ja era hora que sortíssim i ens trobéssim uns amics. Ha arribat el moment de la diversió.

"N'estic desitjant. (Belinha)

"A què esperem? És l'hora. (CRITS)

El quartet surt al bosc. El ritme de passos és ràpid el que revela una angoixa interior dels personatges. L'entorn rural de Mimoso va contribuir a un espectacle de la natura. A quins reptes t'enfrontaries? Els animals ferotges serien perillosos? Els mites de la muntanya podien atacar en qualsevol moment, cosa que era força perillosa. Però el coratge era una qualitat que tothom portava allà. Res no aturarà la seva felicitat.

Ha arribat el moment. A l'equip d'actius, hi havia un home negre, Renato, i una persona de cabells rossos. A l'equip passiu hi havia Divine, Belinha i Amelinha. amb l'equip format, la diversió comença entre el verd gris dels boscos del camp.

El noi negre surt diví. Renato Data Amelinha i l'home ros data Belinha. El sexe en grup comença en l'intercanvi d'energia entre els sis. Tots eren per a tothom per a un. La set de sexe i plaer era comuna a tots. Canviant de posició, cadascú experimenta sensacions úniques. Tracten el sexe anal, el sexe vaginal, el sexe oral, el sexe en grup entre altres modalitats sexuals. Això demostra que l'amor no és un pecat. És un comerç d'energia fonamental per a l'evolució humana. Sense culpa, intercanvien ràpidament parella, cosa que proporciona orgasmes múltiples. És una barreja d'èxtasi que implica el grup. Passen hores tenint relacions sexuals fins que estan cansats.

Un cop acabat tot, tornen a les seves posicions inicials. Encara quedava molt per descobrir a la muntanya.

Gira per la ciutat de Pesqueira

Dilluns al matí més bonic que mai. A primera hora del matí, els nostres amics tenen el plaer de sentir la calor del sol i la brisa que vaga per la cara. Aquests contrastos provocaven en l'aspecte físic de la mateixa una bona sensació de llibertat, satisfacció, satisfacció i alegria. Estaven preparats, per, per afrontar un nou dia.

En un segon pensament, concentren les seves forces culminant en el seu aixecament. El següent pas és anar a les suites i fer-ho amb extrema vagància com si fossin de l'estat de Bahia.

Per no fer mal als nostres estimats veïns, és clar. La terra de tots els sants és un lloc espectacular ple de cultura , història i tradicions seculars. Visca Bahia!

Al bany, es treuen la roba per l'estranya sensació que no estaven sols. Qui se sent mai a parlar de la llegenda del bany rossa? Després d'una marató de pel·lícules de terror, era normal posar-s'hi en problemes. En l'instant posterior, van assentir amb el cap intentant estar més tranquils. De sobte, ve a la ment de cadascun d'ells la seva trajectòria política, la seva vessant ciutadana, la seva vessant professional, religiosa i el seu aspecte sexual. Se senten bé per ser dispositius imperfectes. Estaven segurs que qualitats i defectes afegien a la seva personalitat.

Es tanquen al bany. En obrir la dutxa, deixen que l'aigua calenta flueixi pels cossos suats a causa de la calor de la nit anterior. El líquid serveix de catalitzador absorbint totes les coses tristes. Això és exactament el que necessitaven ara: oblidar el dolor, el trauma, les decepcions, la inquietud intentant trobar noves expectatives. l'any en curs havia estat crucial en ell. Un gir fantàstic en tots els aspectes de la vida.

El procés de neteja s'inicia amb l'ús d'eixugaparabrises corporals, sabó, afaitar més enllà de l'aigua. Actualment, senten un dels millors plaers que els obliga a recordar el pas a l'escull i les aventures a la platja. Intuïtivament, el seu esperit salvatge demana més aventures en el que es queden per analitzar tan aviat com puguin. La situació afavorida pel temps de descans realitzat en el treball de tots dos com a premi a la dedicació al servei públic.

Durant uns 20 minuts, van deixar una mica de banda els

seus objectius per viure un moment reflexiu en la seva respectiva intimitat. Al final d'aquesta activitat, surten del vàter, netegen el cos mullat amb la tovallola, porten roba i sabates netes, porten perfum suís, maquillatge importat d'Alemanya amb ulleres de sol i tiares genuïnament boniques. Completament preparats, es traslladen a la copa amb els moneders a la tira i es saluden feliços amb el retrobament en agraïment al bon Senyor.

En cooperació preparen un esmorzar d'enveja, salsa de pollastre, verdures, fruita, crema de cafè i galetes. A parts iguals, els aliments es divideixen. Alternen moments de silenci amb breus intercanvis de paraules perquè eren educats. Acabat l'esmorzar, no queda escapatòria del que pretenien.

"Què suggereixes, Belinha? Estic avorrit!

"Tinc una idea intel·ligent. Recordeu aquell noi que vam trobar a la multitud?

"Ho recordo. Era escriptor, i el seu nom era Diví.

"Tinc el seu número de telèfon. Què tal si ens posem en contacte? M'agradaria saber on viu.

"Jo també. Gran idea. Fes-ho. M'encantaria.

"Tot correcte!

Belinha va obrir la bossa, va agafar el telèfon i va començar a marcar. En uns instants, algú respon a la línia i comença la conversa.

"Hola.

"Hola, diví, com estàs?

"Tot bé, Belinha. Com va?

"Ho estem fent bé. Mireu, aquesta invitació encara està

activada? A mi i a la meva germana ens agradaria tenir un espectacle especial aquesta nit.

"Per descomptat, jo sí. No te'n penediràs. Aquí tenim serres, natura abundant, aire fresc més enllà de gran companyia. Avui també estic disponible.

"Que meravellós! A continuació, espereu-nos a l'entrada del poble. En la majoria dels 30 minuts hi som .

"Tot correcte! Així doncs, fins llavors!

"Ens veiem més tard!

La convocatòria finalitza. Belinha torna a comunicar-se amb la seva germana.

"Va dir que sí. Hi anem?

"Vinga, vinga! Què estem esperant?

Tots dos desfilen des de la copa fins a la sortida de la casa tancant la porta darrere d'ells amb una clau. A continuació, aneu al garatge. Pilotant el cotxe familiar oficial, deixant enrere els seus problemes a l'espera de noves sorpreses i emocions a la terra més important del món. A través de la ciutat, amb un fort so encès, mantenien la seva petita esperança per a ells mateixos. Va valer la pena tot en aquell moment fins que vaig pensar en l'oportunitat de ser feliç per sempre.

Amb un breu temps, prenen el costat dret de la carretera BR 232. Així doncs, comenceu el curs cap a l'assoliment i la felicitat. Amb velocitat moderada, poden gaudir del paisatge de muntanya a la vora de la pista. Tot i que era un entorn conegut, cada passatge que hi havia era més que una novetat. Va ser un jo redescobert.

Passant per llocs, granges, pobles, núvols blaus, cendres i roses, aire sec i temperatura calenta van. En el temps programat, estan arribant al més bucòlic de l'entrada de l'interior de l'estat de Pernambuco. Mimoso dels coronels, dels psíquics, de la Immaculada Concepció , i de persones amb alta capacitat intel·lectual.

Quan et vas aturar per l'entrada del barri, esperaves el teu estimat amic amb el mateix somriure de sempre. Un bon senyal per a aquells que buscaven aventures. Baixa del cotxe, vis a trobar-te amb el noble company que els rep amb una abraçada convertint-se en triple. Aquest instant no sembla que s'acabi. Ja es repeteixen, comencen a canviar les primeres impressions.

"Com estàs, diví? (Belinha)

"Bé, i tu? (El psíquic)

"Genial! (Belinha)

"Millor que mai " (Amelinha)

"Tinc una gran idea, què tal si pugem a la muntanya d'Ororuba? Va ser allà fa exactament vuit anys que va començar la meva trajectòria en la literatura.

"Quina bellesa! Serà un honor! (Amelinha)

"per a mi també! M'encanta la natura! (Belinha)

"Així que, deixem-nos anar ara! (Aldivan)

Signant per seguir-lo, el misteriós amic de les dues germanes va avançar pels carrers del centre de la ciutat. Baixant a la dreta, entrant en un lloc privat i caminant uns cent metres els posa al fons de la serra. Fan una parada ràpida per descansar i hidratar-se. Com va ser pujar a la muntanya després de totes aquestes aventures? La sensació era pau, recolliment, dubte i vacil·lació. Era com si fos la primera vegada amb tots els reptes imposats pel destí. De sobte, els amics s'enfronten al gran escriptor amb un somriure.

"Com va començar tot? Què significa això per a tu? (Belinha)

"El 2009, la meva vida va girar sobre la monotonia. El que em va mantenir viu va ser la voluntat d'exterioritzar el que sentia al món. Va ser llavors quan vaig sentir parlar d'aquesta muntanya i dels poders de la seva meravellosa cova. Sense sortida, vaig decidir arriscar-me en nom del meu somni. Vaig fer les maletes, vaig pujar a la muntanya, vaig realitzar tres reptes que em van fer entrar a la gruta de la desesperació, la gruta més mortífera i perillosa del món. Dins d'ella, he superat grans reptes acabant per arribar a la cambra. Va ser en aquell moment d'èxtasi que va passar el miracle, em vaig convertir en el psíquic, un ésser omniscient a través de les seves visions. Fins ara, hi ha hagut vint aventures més i no tinc intenció d'aturar-me tan aviat. Amb l'ajuda dels lectors, a poc a poc, estic aconseguint el meu objectiu de conquerir el món. (el fill de Déu)

"Emocionant! Soc fan de la teva. (Amelinha)

" Sé com t'has de sentir a l'hora de tornar a realitzar aquesta tasca. (Belinha)

"Molt bé! Sento una barreja de coses bones, com ara l'èxit, la fe, l'urpa i l'optimisme. Això em dona bona energia. (El psíquic)

"Bé! Quins consells ens doneu? (Belinha)

"Mantinguem el focus. Esteu preparats per descobrir-ho millor per vosaltres mateixos? (el mestre)

-Sí! Van estar d'acord amb tots dos.

"Doncs segueix-me!

El trio ha reprès l'activitat. El sol s'escalfa, el vent bufa una mica més fort, els ocells volen i canten, les pedres i les espines semblen moure's, el terra sacseja i les veus de la muntanya comencen a actuar. Aquest és l'entorn present en la pujada de la serra.

Amb molta experiència, l'home de la cova ajuda les dones tot el temps. Actuant així, va posar en pràctica virtuts importants com la solidaritat i la cooperació. A canvi, li van prestar una calor humana i una dedicació desigual. Podríem dir que era aquell trio insuperable, imparable, competent.

A poc a poc, van pujant pas a pas els passos de la felicitat. Amb dedicació i persistència, superen l'arbre superior, completant una quarta part del camí. Malgrat els considerables èxits, continuen sent incansables en la seva recerca. Van ser perquè felicitats.

En una seqüela, alenteix una mica el ritme de la caminada, però mantenint-lo constant. Com diu la dita, a poc a poc va molt lluny. Aquesta certesa els acompanya tot el temps creant un espectre espiritual de paciència, precaució, tolerància i superació. Amb aquests elements, tenien fe per superar qualsevol adversitat.

El punt següent, la pedra sagrada conclou un terç del curs. Hi ha una breu pausa, i gaudeixen per pregar, per agrair, per reflexionar i planificar els propers passos. En la mesura adequada, buscaven satisfer les seves esperances, les seves pors, el seu dolor, tortura i penes. Per tenir fe, una pau inesborrable omple els seus cors.

Amb el reinici del viatge, la incertesa, els dubtes i la força de l'inesperat torna a actuar. Tot i que els podia espantar, portaven la seguretat d'estar en presència del brot de Petit de l'interior. Res ni ningú els podria fer mal simplement perquè Déu no ho permetria. Es van adonar d'aquesta protecció en tots els moments difícils de la vida on altres simplement els abandonaven. Déu és efectivament el nostre únic amic veritable i lleial.

A més, estan a mig camí. La pujada es manté amb més dedicació i sintonia. Al contrari del que sol passar amb els escaladors habituals, el ritme ajuda a la motivació, la voluntat i el part. Tot i que no eren esportistes, va ser notable el seu rendiment per ser joves sans i compromesos.

A partir del tercer trimestre, l'expectació arriba a nivells insuportables. Quant de temps haurien d'esperar? En aquest instant de pressió, el millor era intentar controlar l'impuls de la curiositat. Tota cura es devia ara a l'actuació de les forces oposades.

Amb una mica més de temps, per fi acaben el curs. El sol brilla més, la llum de Déu els il·lumina i surt d'un rastre, el guardià i el seu fill Renato. Tot va renéixer completament al cor d'aquells petits encantadors. S'han guanyat aquesta gràcia a través de la llei de plantes de cultiu. El següent pas del psíquic és trobar-se amb una forta abraçada amb els seus benefactors. Els seus companys el segueixen i fan l'abraçada quíntuple.

"És bo veure't, fill de Déu! Fa molt de temps que no es veu! El meu instint matern em va advertir del teu plantejament, la senyora ancestral.

Me n'alegro! És com si recordés la meva primera aventura. Hi havia tantes emocions. La muntanya, els reptes, la cova i els viatges en el temps han marcat la meva història. Tornar aquí em porta bones reminiscències. Ara, porto amb mi dos guerrers simpàtics. Necessitaven aquesta trobada amb el sagrat.

"Quins són els teus noms, senyores? (el Guardià)

"Em dic Belinha i soc auditora.

"Em dic Amelinha i soc professora. Vivim a Arcoverde.

"Benvingudes, senyores. (El Guardià)

"Estem agraïts! va dir en concomitància els dos visitants amb llàgrimes corrent pels seus ulls.

"M'encanten les noves amistats, també. Estar al costat del meu amo de nou em dona un plaer especial d'aquells indescriptibles. Només la gent que sap entendre això som els dos. No és així, soci? (Renato)

"No canvies mai, Renato! Les teves paraules no tenen preu. Amb tota la meva bogeria, trobar-lo va ser una de les coses bones del meu destí. El meu amic i el meu germà. (El psíquic).

Van sortir amb naturalitat pel veritable sentiment que es nodria per a ell.

"Estem igualats en la mateixa mesura. Per això la nostra història és un èxit", ha afirmat la jove.

"És bo formar part d'aquesta història. Ni tan sols sabia l'especial que era la muntanya en la seva trajectòria, estimada escriptora ", va dir Amelinha.

"Realment és admirable, germana. A més, els teus amics són molt amables. Estem vivint una ficció real i això és el més meravellós que existeix. (Belinha)

"Li donem les gràcies pel compliment. No obstant això, han d'estar cansats de l'esforç emprat en l'escalada. Què tal si tornem a casa? Sempre tenim alguna cosa a oferir. (Senyora)

"Vam aprofitar per posar-nos al dia en les converses. Et trobo molt a faltar", va confessar Renato.

"Això està bé amb mi. És genial pel que fa a les senyores, què em diuen?

"M'encantarà! " Belinha va afirmar.

"Sí, som-hi", ha coincidit Amelinha.

"Així doncs, deixem-nos anar! " El mestre va concloure.

El quintet comença a caminar en ordre donat per aquella fantàstica figura. Ara mateix, un cop fred pels esquelets fatigats de la classe. Qui era aquella dona, qui era ella, que tenia poders? Malgrat tants moments junts, el misteri va romandre tancat com una porta a set claus. Mai ho sabrien perquè formava part del secret de la muntanya. Simultàniament, els seus cors romanien a la boira. Estaven esgotats de donar amor i no rebre, perdonar i decebre de nou. De totes maneres, o s'acostumaven a la realitat de la vida o patien molt. Necessitaven algun consell, per tant.

Pas a pas, superaràs els obstacles. En un moment donat, senten un crit inquietant. Amb una mirada, el cap els calma. Aquest era el sentit de la jerarquia, mentre que els més forts i experimentats protegien, els servents tornaven amb dedicació, culte i amistat. Era un carrer bidireccional.

Malauradament, gestionaran el passeig amb molta i suavitat. Quina era la idea que havia passat pel cap de Belinha? Estaven enmig de l'arbust rebentat per animals desagradables que els podien fer mal. A part d'això, hi havia espines i pedres punxegudes als peus. Com que cada situació té el seu punt de vista, ser-hi era l'única possibilitat que poguessis entendre't a tu mateix i als teus desitjos, una cosa deficitària en la vida dels visitants. Aviat, va valer la pena l'aventura.

A continuació, a mig camí, faran una parada. Just a prop d'allà, hi havia un hort. Es dirigeixen cap al cel. En al·lusió al conte bíblic, se sentien complementàriament lliures i integrats a la natura. Com els nens, juguen a escalar arbres, agafen els fruits, baixen i se'ls mengen. Després mediten. Van aprendre tan bon punt la vida es fa per moments. Tant si estan tristos com feliços, és bo gaudir-los mentre estem vius.

A l'instant posterior, es banyen refrescant al llac adjunt. Aquest fet provoca bons records d'una vegada, de les experiències més notables de les seves vides. Que bonic era ser un nen! Que difícil va ser créixer i enfrontar-se a la vida adulta. Conviure amb el fals, la mentida i la falsa moral de les persones.

Seguint endavant, s'acosten al destí. Baixant per la dreta del sender, ja es pot veure el senzill voladís. Aquest era el santuari de la gent més meravellosa i misteriosa de la muntanya. Eren increïbles el que demostra que el valor d'una persona no està en el que posseeix. La noblesa de l'ànima té caràcter, en les actituds de caritat i consell. Per això diuen la següent dita: millor val un amic de la plaça que els diners dipositats en un banc.

Uns passos endavant, s'aturen davant de l'entrada de la cabina. Van obtenir respostes a les seves consultes internes? Només el temps va poder respondre a aquesta i altres preguntes. L'important d'això era que hi eren per al que va i ve.

Prenent el paper d'amfitriona, el tutor obre la porta donant accés a tots els altres a l'interior de la casa. Entren al habitació únic de van veient tot el que hi ha al gran dispositiu. Estan impressionats amb la delicadesa del lloc representat per l'ornamentació, els objectes, el mobiliari i el clima de misteri. Contradictòriament, en aquell lloc hi havia més riquesa i diversitat cultural que en molts palaus. Per tant, podem sentir-nos feliços i complets fins i tot en entorns humils.

Un a un, t'instal·laràs a les ubicacions disponibles, a excepció de la cuina de Renato, prepararàs el dinar. El clima inicial de timidesa es trenca.

"M'agradaria conèixer-te millor, noies. (El tutor)

"Som dues noies d'Arcoverde City. Tots dos es van instal·lar en la professió, però perdedors enamorats. Des que vaig ser traïda per la meva antiga parella, m'he vist frustrada», confessa Belinha.

"Va ser llavors quan vam decidir tornar als homes. Vam fer un pacte per atraure'ls i utilitzar-los com a objecte. No tornarem a patir mai més. (Amelinha)

"Els donaré suport a tots. Els vaig conèixer entre la multitud i ara venien a visitar-nos aquí, i això va forçar el brot de l'interior.

"Interessant. Aquesta és una reacció natural a les decepcions que pateixen. No obstant això, no és la millor manera de seguir-la. Jutjar una espècie sencera per l'actitud d'una persona és un clar error. Cadascun té la seva pròpia individualitat. Aquesta cara sagrada i desvergonyida teva pot generar més conflicte i plaer. Depèn de vosaltres trobar el punt correcte d'aquesta història. El que sí que puc fer és donar suport com va fer el teu amic i convertir-me en un accessori d'aquesta història analitzada per l'esperit sagrat de la muntanya.

"M'ho permetré. Vull trobar-me en aquest santuari. (Amelinha) "accepteu també la vostra amistat. Qui sabia que estaria en una telenovel·la fantàstica? El mite de la cova i la muntanya ho semblen ara. Puc fer un desig? (Belinha)

"Per descomptat, estimats.

"Les entitats de muntanya poden escoltar les peticions dels humils somiadors com m'ha passat a mi. Tingueu fe! ha motivat el fill de Déu.

"Estic molt incrèdul. Però si ho dius, ho intentaré. Demano una conclusió reeixida per a tots nosaltres. Deixeu que cadascun de vosaltres es faci realitat en els principals camps de la vida. (Belinha)

"Ho concedeixo! " Trontolla una veu profunda al mig de l'habitació".

Les dues putes han fet un salt a terra. Mentrestant, els altres reien i ploraven davant la reacció de tots dos. Aquest fet havia estat més aviat una acció del destí. Quina sorpresa! No hi havia ningú que hagués pogut predir el que passava al cim de la muntanya. Com que un famós indi havia mort a l'escena, la sensació de realitat havia deixat espai per al sobrenatural, el misteri i l'insòlit.

"Quin infern era aquell tro? Estic tremolant fins ara. (Amelinha)

"Vaig sentir el que deia la veu. Ella va confirmar el meu desig. Estic somiant? (Belinha)

"Els miracles passen! Amb el temps, sabreu exactament què significa dir això . "Va delectar l'amo".

"Crec en la muntanya, i tu també t'ho has de creure. A través del seu miracle, segueixo aquí convençut i fora de perill de les meves decisions. Si fallem una vegada, podem tornar a començar. Sempre hi ha esperança per als vius. «Assegurava el xaman del psíquic mostrant un senyal a la teulada».

"Un llum. Què vol dir això? entre llàgrimes, Belinha.

"És tan bonica, brillant i parlada. (Amelinha)

"És la llum de la nostra eterna amistat. Tot i que desapareix físicament, romandrà intacta en els nostres cors. (Guardià)

"Tots som lleugers encara que de maneres distingides. El nostre destí és la felicitat, confirma el psíquic.

Aquí és on entra Renato i fa una proposició.

"Ja era hora que sortíssim i ens trobéssim uns amics. Ha arribat el moment de la diversió.

"N'estic desitjant. (Belinha)

"A què esperem? És l'hora. (Amelinha)

El quartet surt al bosc. El ritme de passos és ràpid el que revela una angoixa interior dels personatges. L'entorn rural de Mimoso va contribuir a un espectacle de la natura. A quins reptes t'enfrontaries? Els animals ferotges serien perillosos? Els mites de la muntanya podien atacar en qualsevol moment, cosa que era força perillosa. Però el coratge era una qualitat que tothom portava allà. Res no aturaria la seva felicitat.

Ha arribat el moment. A l'equip d'actius, hi havia un home negre, Renato, i una persona de cabells rossos. A l'equip passiu hi havia Divine, Belinha i Amelia. L'equip es va formar; la diversió comença entre el verd gris dels boscos del camp.

El noi negre data diví. Renato Data Amelia i la rossa dàtil Belinha. El sexe en grup comença en l'intercanvi d'energia entre els sis. Tots eren per a tothom per a un. La set de sexe i plaer era comuna a tots. Variant posicions, cadascú experimenta sensacions úniques. Tracten el sexe anal, el sexe vaginal, el sexe oral, el sexe en grup entre altres modalitats sexuals. Això demostra que l'amor no és un pecat. És un comerç d'energia fonamental per a l'evolució humana. Sense sentiments de culpa, intercanvien ràpidament parella, cosa que proporciona orgasmes múltiples. És una barreja d'èxtasi que implica el grup. Passen hores tenint relacions sexuals fins que estan cansats.

Un cop acabat tot, tornen a les seves posicions inicials. Encara quedava molt per descobrir a la muntanya.

El final

www.ingramcontent.com/pod-product-compliance
Lightning Source LLC
LaVergne TN
LVHW021329080526
838202LV00003B/113